文學の森
Haiku-Library

句集

とこしへに

伊藤憲子

文學の森

序

伊藤憲子さんの第一句集である。個人情報を取沙汰される昨今、ご本人の希望でもあり、ご本人から得た知識での憲子像を描いてみる。

約四十年間、中学校・高等学校の数学の教師として定年まで勤務されていた。現在はお嬢さんのご家族と一緒にお住まいである。

俳句を始められて十九年、殆どを共に勉強させて頂き、その成長を見せて頂いた。この度の句集はその憲子俳句の集大成である。他より学ぶと言うよりも、憲子独特の感性を、憲子独特の表現でもって編まれた句の数々をまとめるのは、筆者にとっても嬉しく楽しみなものであった。
年代を追って鑑賞させて頂く。

神の声

初日待つ雲の奥より神の声
はがれさうただいぢらしく梅の白
うららかや木喰仏へおんかかか
トパーズのごと掌の姫蛍

作者の句を見ると、単なる写生でなく、そこにしっかりと主観を入れ、心情を吐露した句が多い。初日を待つ作者には、雲の奥より聞こえる「神の声」、白梅を見て「はがれさう」「いぢらし」との感懐、姫蛍を見て「トパーズのごと」と感じた主観等々が素直に表現されている。また「おんかかか」など、お経とは思えない語彙、作者には音として「おんかかか」と聞こえたと言う。独特の感性で捉えた面白さがある。

終の一葉

白木蓮の大空深くシャンデリア

田の神へまひまひしつつ桜散る

捨てるもの気合で仕分け更衣

うすれゆく爪の半月終戦忌

明星の零してゆける芋の露

白木蓮を「大空深くに灯るシャンデリア」と見上げる作者、「田の神様へ向かってまいまいしながら嬉々として散る桜」、芋の露を「暁の明星が零していったもの」など、自然と一体となって季節の移り変わりを楽しむ作者の笑顔が、彷彿と浮かぶ作品である。毎年、更衣の季節には迷いながらも着ず捨てずのものがあまた有る。やはり捨てるには「気合」が必要。「気合で仕分け」とは中々浮かばない措辞を大胆に遣われるのも作者の個性であろう。また「爪の半月」を見詰め眺めつつ思いを馳せる作者は、戦中戦後生きぬいた、戦に対する思いには格別のものがあろう。「爪の半月のうすれ」は、褪せゆく護憲への不安が窺われる。

みすゞの詩

数の子をぷちぷち噛める人魚姫
向日葵の大きな顔に迎へられ
極月の地球自転の速さかな
金平糖の角数へをり日向ぼこ

数の子を噛んでいる「人魚姫」はお孫さんであろうし、向日葵も大きな顔とせず「大輪の向日葵に」にすれば平凡な句となろう。これらの句を非凡にしたのは「人魚姫」であり、「大きな顔」である。また年月の速さを言うには「光陰矢の如し」のように比較する何かで、その速さを表現することが多い。しかし作者は

「地球が自転を速めた」と言う客観的な捉え方をしているのも面白い。また「金平糖の角を数える」など有りえない発想を見ても然りであろう。これらの視点が作者の俳句の原点ではないかと考えている。

美貌の悩み

終の日はたんぽぽの絮飛ぶやうに

太陽へ着陸の月初夏の空

脳トレの手足ちぐはぐ木下闇

美貌には美貌の悩み秋桜

この頃から時々体調を崩され句会を欠席される。「終の日」や「脳トレ」の句などが目に付く。しかし精一杯の頑張りを見せて頂いていた頃と思われる。「太陽へ着陸の月」の観点も前章の三句目と同じく捉え方が面白い。「美貌には」の句では、まず読者をドキリとさせる。下五へ来て納得。この辺りも、読者を意識しての作者の技巧であろう。見逃せない一句である。

ガラスの鮎

啓蟄や地中ベクトル動き出し

さばさばと忘れたるふりはうれん草

青葉雨唇に触れ心通ふ

箸置はガラスの鮎や夏料理

作者は定年までの約四十年間を数学の教師として勤務されている。理数系の難しいことは解らないが、「ベクトル」を物理的に、立体的にものごとが動き出したと解釈してはどうだろうか。面白い発想である。「はうれん草」の句は二物衝撃の効果を存分に発揮している句と言える。「青葉雨」の句は抒情の深い句、また「ガラスの鮎」は客観写生の句としてうまくまとまっている。これら様々なタイプの句を、さらりと熟し得る実力を身に付けられたことが見られる章である。

シェフの帽

流れ雲の船頭は風初御空

庭蜥蜴なじみ貌して振り向きぬ

秋冷や糊きつぱりとシェフの帽

手の中に団栗といふ故郷かな

最終章の四句である。雲を動かしている「船頭は風」、「なじみ貌」をした庭蜥蜴、糊がきつぱりと効いた「シェフの帽子」、郷愁を言わずに手の内にある団栗を「団栗といふ故郷」と言う表現の巧みさ。これらの把握の面白さは、長年培われた作者の天性とも言える優れた感性に他ならない。

題名となった『とこしへに』は、

憲法記念日青き地球をとこしへに

に依るものである。戦中派として生きてこられた作者の長年のテーマであり、平和への願いを込められた一句である。これらの、戦のない世界への切なる思いを題名とされたことを肝に銘じ、同世代に生きた筆者の序文を終わらせて頂く。

平成二十七年　窓辺に秋の声を聴きながら

「瑷」名誉代表　塩路隆子

句集　とこしへに　目次

装丁　毛利一枝

句集

とこしへに

神の声

平成十九〜二十年

一芸の柏手打ちて猿回し

三猿のポーズ楽しや寝正月

初日待つ雲の奥より神の声

京町家奥の奥まで冬陽かな

一病を楽しむ齢寒見舞

街路樹の春待つ拳力あり

それぞれが病自慢よ日向ぼこ

星たちの囁き合へり寒の明

はがれさうただいぢらしく梅の白

芽吹く山白馬のやうな雲を生む

茅葺の里の水銃犬ふぐり

耕人の直なる性や畝真直

野遊や口より大き握り飯

うららかや木喰仏へおんかかか

天井の龍の目きらり春の雷

つくばひに椿うかせておもてなし

撫牛の鼻筋ひかる花の冷

びは灸の治療に執し花の昼

散るさくら式部老残知らざりき

行春や橋のほとりの似顔絵師

磐座の神へ献杯新樹光
花菖蒲丈それぞれに麗しき

真つさらのエンディングノート聖五月

千の風渡る植田に千の月

更衣捨て切れずまた手を通す

筍の籠の屋号や墨太く

物忘れ笑ひとばして心太

なほ残る黴の匂ひの生家蔵

あぢさゐや遺影の母の単帯

蟻の道シルクロードへつづくごと

薫風や木釘くはへて宮大工

飛石へ遊び心の夏の蝶

闇に慣れふたつみつよつ蛍かな

瀬の音に草陰蒼き姫蛍

竹落葉さらと鳴りをり石畳

一望の青田いきいき風孕む

手枕に仰ぐ贅沢山涼し

トパーズのごと掌の姫蛍

梅雨寒や血管さぐる注射針

禰宜に蹤きつぶやく呪文茅の輪かな

百度石百回撫づる青葉闇

茅屋根の反り美しや夕焼空

身綺麗に日々過したし夏桔梗

身を反らし桴打つをとこ夏越の儀

ほととぎす打てど応へぬ右脳かな

八月の空にぽかりとときのこ雲

鈴虫の声絶えし夜や闇かたき

リスニングの集中破る秋蚊かな

晩学の遅々と木の実を拾ひける

未来ある身とはいつまで流れ星

予報士の棒の自在や秋日和

不況風銀杏落葉を吹き上ぐる

手袋に指収まらぬ幼かな

冬ぬくしのど飴まろぶ舌の先

新札の両替すます年用意
背を押す北風吾を小走りに

転がれる薬の行方年の暮

終の一葉

平成二十一年

初詣ぴんぴんころりに願ひこめ

白髪はわが勲章や初鏡

シクラメン合唱のごと勢揃ひ

まる文字の癖ある手紙合格子

頃合ひに自家の漬物梅見席

北野天満宮

七不思議抱く宮居や梅日和

梅白し大黒天に百余の目

初蝶に小町文塚しづもりぬ

並木みな千手観音風光る

白木蓮の大空深くシャンデリア

さくら餅悲しきときも紅に

田の神へまひまひしつつ桜散る

川風に袂裏向く智恵詣

法華寺　二句

声明の尼僧の品位春ふかし

空風呂に筵一枚春惜しむ

縁側へ腰かけ子らと柏餅

言霊の充ちゐる鎮守黒揚羽

老鶯や影のゆらめく小町の井

目つむりて滝のオーラを浴びにけり

捨てるもの気合で仕分け更衣

襖絵の怒濤聞きつつ鑑真忌

伎芸天の艶めくポーズ夏の燭

雨の日の匂ひ重たき栗の花

開園のライオン一声青葉冷

梅雨明や笛吹ケトル高く鳴き
抜きんづる白蓮一花風生るる

煮魚の目玉とびだす大暑かな

鉾粽両手に受くる軽さかな

大樹より剝落したる蟬骸
もくもくと日夜首振る扇風機

鬼やんま夕日の窓を叩きけり

うすれゆく爪の半月終戦忌

昨日けふ風の移ろひ秋を知る

ゴーグルの跡くっきりと休暇明

明星の零してゆける芋の露

一粒が眩しや友の今年米

錦秋の落暉呑み込む日本海

母眠る里へ伸びゆけ鰯雲

不揃ひの秋茄子山と貰ひけり

野地蔵に風のあつまる猫じやらし

柚子坊よひとが通れば葉に化けよ
もういいかいまだよまだよと寺紅葉

さくさくと紅玉林檎丸かじり

鈴なりの山柿残る村静か

容赦なき関節痛ややそぞろ寒

星形の胡椒の穴やや大くさめ

突風に落葉逆まく京大路

柿落葉終の一葉を栞とし

脳トレの歌声ひびき冬うらら

おにぎりをほほばる家族冬ぬくし

吹き下ろす風の冷たさ地下出口

枝々に星を咲かせて冬欅

みすゞの詩

平成二十二年

数の子をぷちぷち嚙める人魚姫

ありありと五官の衰微節料理

園庭に黄色の如露や春よ来い

寒の日矢めだかの腹をねらひ刺し

雪降る日注射嫌ひの医者通ひ
問診のながながただの風邪といふ

点滴の速度もどかし猫の恋

春炬燵嬰に初めてのゐないゐないばあ

若きらと打つホームラン春の夢

蕗の薹に程よき苦み邪気払ふ

膝折りて土の声きく春の庭
ドア開き初音きかむと耳すます

飴色に炊く春大根妣の味

元気よく絵本の声や雛の前

揚雲雀みすゞの詩を詠ふかに

押し菓子の程よき甘さ花見席

山吹の花にたはむれ鯉の群

京野菜をビビンバ風に春料理

恙なき嫗に胡麻のはうれん草

闇に光る針なき時計リラの冷

曾祖父の愛用の出刃初鰹

新茶汲み原発論争果のなき

妹がひとりほしいな鯉幟

子の胸の小さきふくらみさくらんぼ

向日葵の大きな顔に迎へられ

月光仏斜から見ても涼しかり

少将の百夜通ひの榧若葉

老鶯や山門までの杉木立

麦秋の村ゆるやかに川曲がる

家ごとに神在す川端《かばた》風薫り

小流れに沢蟹の爪耀へる
励ましのひと声ひびくほととぎす

熱帯夜夢か現か猫の声
二度三度遠き会釈の夏帽子

見えねども鳴き声黄色夏燕

雲の峰富士を輪切りの送電線

蟬鳴くや朝の二度寝の子守歌

らしく生きらしく逝きたり白芙蓉

ふる里の暮し見えをり蕎麦の花

職退きて専業主婦や吾亦紅

天心の月の孤愁や吾もまた

そぞろ寒太刀を飾れる長押かな

音たてて背戸に転がる栗の艶

冬じたく知床旅情口ずさみ

茅葺の日差しまろやか柿すだれ

売り切れる分譲墓地やそぞろ寒

小さき堰にくるくる廻る芋水車

ダム底に村ねむらせて冬に入る

極月の地球自転の速さかな

落葉踏みオフィス街ゆくソクラテス

金平糖の角数へをり日向ぼこ

青春の涙見てゐる冬欅

美貌の悩み

平成二十三年

家族の名ひかる墨跡祝箸

恙なきひととせ願ふ初日かな

賀状来る逢はず忘れず半世紀

賀状より跳ね出しさうな兎かな

七種粥さみどりの香を噴き上げて

春隣小川のひびく紕森

腰痛の摑まり立ちや寒明くる

水底の尾鰭ひと振り水温む

ふる里に捨てたる恋や春の夢

終の日はたんぽぽの絮飛ぶやうに

里山の木々にからまる藤の花
母の日にひと日主婦役末娘

青嵐に並木いつせい裏返る
太陽へ着陸の月初夏の空

病棟より初夏の空へと紙風船

脳トレの手足ちぐはぐ木下闇

ほんのりと杏色して梅雨の月

つくばひの杓真つ新や梅雨明くる

涼しさを仏間に入るる小窓かな

ときめかぬ衣類は捨てむ更衣

闇に舞ふ蛍の源氏平家かな

梅雨の明歩道をよぎる子鴨連れ

川音は盛夏の馳走川床料理

下駄涼しざぶざぶ小川歩きけり

美しく老いたく思ふ浴衣かな

土用の丑素通り出来ぬ鰻の香

夏牡蠣に悪戦苦闘夕厨

砂遊び夕ひぐらしの鳴きはじめ

洗濯の渦に団栗見え隠れ

一串の芋田楽に故郷自慢

新米を今も積まれて年貢蔵

刺子さす媼の指へ秋の蝶

美貌には美貌の悩み秋桜

鳥たちに早口のゐて菊日和

どの風も素直に受くる秋桜

ふる里の田畑にあふれ秋桜

手づかみに買へり秋刀魚の二三匹

墓守の律儀さうれし秋彼岸

夜を徹すソプラノアルト虫の楽

集合写真一番端にゐてさやか

満月の竹取おきななみだ顔

あいさつは足腰のこと秋日傘

はらからの集ふふるさと鰯雲

体型を気にしそれでもふかし諸

秋の声補聴器で聞くたのしさよ

街路樹の枝葉さはさは秋摑む

「若いわね」開口一番敬老日

ガラスの鮎

平成二十四年

朱の鳥居すつくと立てり初御空

青竹の切つ先光る初手水

ぬひぐるみのたましひ天へとんどの火

とんとんと薺打つ音夢のなか

肩車の安全車種や梅花祭

啓蟄や地中ベクトル動き出し

嬉しくてうれしくて燕宙返り

受験子の靴ひも結ふを見てゐたる

豆の花孫に叱られ嬉しかり

さばさばと忘れたるふりはうれん草

紋辻屋の小機織る音うららなり

囀に山の精霊乱舞かな

憲法記念日青き地球をとこしへに
青葉雨唇に触れ心通ふ

空中散歩布引滝の細身なる
清盛の夢のわだつみ青葉潮

塩漬の泉州茄子の濃紫

登り来て万緑に息深々と

天帝へ花捧ぐごと泰山木

清貧の豊かさいまも青田風

箸置はガラスの鮎や夏料理

たくましく生きしこの指暑に耐へて

老いゆくにマニュアルはなし薔薇の花

夏座敷紙の勲章誇らしく

鉾立の槌振り上ぐる男ぶり

笛腰にいなせ男の鉾浴衣

長刀鉾　二句

町衆の自慢の鉾や天を指し

鉾立てて長刀映すビルの窓

父さんもてこずる算数夏休

甲子園に青春の汗きらめける

つややかな絹の手ざはり花芭

阿蘇平背丈に迫る花芭

廃屋に柿の一樹や鴉群れ
おほ寺に夕日鏤め散る銀杏

だまし絵の狐をさがし秋の夜

栗色に髪染めあぐる秋うらら

ささやかな贅なり柚子湯あふれさせ

茶柱を一気に呑みて冬の旅

東山に夢の掛け橋冬の虹

冬蝶の終の住処か美術館

シェフの帽

平成二十五〜二十六年

生かされて仰ぐ御空や初茜
仏壇に湯気ほのぼのと雑煮椀

ひとりぐらしはやも鏬割れ鏡餅

盛られたる七種籠の宅急便

流れ雲の船頭は風初御空

神の意のかなしかかりけり初みくじ

御降りに朝粥ふうふ至福かな

母の倍生きて仰げる梅の花

早春や磨きあげたる銀食器

梅固し積んどく俳誌動きけり

自分チョコ選ぶやバレンタインの日

地震あとの浅蜊つぶやく厨かな

吟行に行けずに留守居蜆汁

車椅子の犬におはやう麗らなる

青き地球永遠にと祈り春の月

庭蜥蜴なじみ貌して振り向きぬ

沖縄へ祈りのひと日蛍舞ふ

一夜漬の茄子紺愛づる朝餉かな

医者通ひせつせせつせと蟬噪す

熱帯夜星空浴を楽しめる

喝采もなきにひと日を金魚舞ふ

真青なる空に抱かれ岩桔梗

祇園囃子

郷愁のふくらむ思ひ祭笛

電線を綱渡りせる月涼し

秋冷やや糊きつぱりとシェフの帽

鬼やんま尻で水温計りゆく

子規の句を脳に遊ばせ柿を食ふ

鶏頭の直立不動客迎ふ

晩年を美しく生きたし酔芙蓉

捨てきれぬボタンいくつか冬支度

ゴッホ展

自画像の光る右眼や稲光

山紅葉俗世離れて句会席

この石も仏なるべし秋時雨

源流に聴く水の詩樒の花

見はるかす早稲の穂波に風やさし

踏み込めば土やはらかし藷掘り日

手の中に団栗といふ故郷かな

白砂に箒目の波小鳥来る

名月の飛べるがさまに雲に入る

そぞろ寒医師と見てゐる動脈瘤

いつきても迷ふ地下街秋の冷

風呂吹きや六腑にしみるおもてなし

葉牡丹の渦の探険多彩なる
味噌汁の旨き香りや霜の朝

秘密法に怒り爆発寒風裡

純潔のポインセチアに窓辺の陽

児の返事のいつも短し冬すみれ

鰭酒の喉元過ぐる旨さかな

あれこれと生きざま語りおでん鍋

今朝雪の地蔵の肩を払ひける

風花やくぐれる酒舗の紺のれん

句集　とこしへに　畢

あとがき

この度、句集『とこしへに』を出版するにあたり、塩路隆子先生より手とり足とりの御指導を賜わり、大変うれしく、深く感謝申し上げます。

定年退職後、やりたい事が次から次へと湧いてまいりました。軍国主義の厳しい時代に教育を受けた私は、自分で考える事も許されずお上《かみ》のおっしゃるとおり、ただ一生懸命に生きて来ました。

そして空襲、原爆、敗戦、貧困……。今まで見えなかった青い空。春夏秋冬の季節の移り変りの美しさに心が震えました。目をつむると感激の涙が込み上げてきます。

季語・吟行等という言葉さえ知らなかった私。今はそれらを学んで、指折り数えながら俳句を作る喜びと厳しさを楽しんでいます。

よき先生、やさしい句友にはげまされ、残る歳月を俳句と朗読を目標に生きていこうと思います。

〈青春は歳にはあらず桜貝〉は句友・吉田久子さんの作。同感です。

末筆になりましたが、塩路先生には身に余る序文をありがとうございました。厚くお礼申し上げます。また「文學の森」の皆様にはお世話になり、ありがとうございました。

平成二十七年十一月二十日　八十七歳誕生日

向日回生病院にて

伊藤憲子

著者略歴

伊藤憲子（いとう・のりこ）

昭和３年　福井県生れ
昭和23年～　中学校・高等学校の数学教師として勤務
平成元年　定年退職後非常勤講師として勤務
平成６年　退職
平成８年　NHK講座を受講以後、現在「瑗」会員として
　　　　　塩路隆子の指導を受けている

現住所　〒615-8107　京都市西京区川島北裏町 70-8

句集　とこしへに

平成二十八年二月十二日　発行

著　者　伊《い》藤《とう》憲《のり》子《こ》

発行者　大山基利

発行所　株式会社　文學の森

〒一六九-〇〇七五
東京都新宿区高田馬場二-一-二
田島ビル八階
電　話　〇三-五二九二-九一八八
FAX　〇三-五二九二-九一九九
ホームページ http://www.bungak.com

落丁・乱丁本はお取替えいたします。

印刷・製本　竹田　登

ISBN978-4-86438-457-5 C0092